3, 2, 1... Comptons les pommes!

Joan Holub   Illustrations de Jan Smith

Texte français d'Isabelle Montagnier

Éditions
SCHOLASTIC

Pour Kristen Shaheen, une vraie pomme d'amour. —J.H.

Pour mon père, George Smith,
sans qui je n'y arriverais pas! —J.S.

Catalogue avant publication de Bibliothèque et Archives Canada

Holub, Joan
3, 2, 1, comptons les pommes / Joan Holub ;
illustrations de Jan Smith ;
texte français d'Isabelle Montagnier.

Traduction de: Apple countdown.
ISBN 978-1-4431-1425-7

I. Smith, Jan, 1956- II. Montagnier, Isabelle III. Titre.
IV. Titre: Trois, deux, un, comptons les pommes.

PZ24.3.H65Tro 2011   j813'.54   C2011-901643-5

Pour toute information concernant les droits, s'adresser à Albert Whitman & Company,
6340 Oakton Street, Morton Grove, IL 60053-2723, É.-U.
Édition publiée par les Éditions Scholastic, 604, rue King Ouest, Toronto (Ontario) M5V 1E1,
avec la permission d'Albert Whitman & Company.

Conception graphique de Carol Gildar.

5 4 3 2 1   Imprimé au Canada   114   11 12 13 14 15

— **Y**oupi ! Une sortie éducative! s'écrie Yves.

— Nos **vingt** prénoms sont sur ce pommier, ajoute Xavier.

— Je vois le mien! dit Justin.

— **Dix-neuf** enfants s'apprêtent à monter, dit Xavier.

— Je partage un siège avec M. Morin, dit Justin.

Claire

Chloé

— Il reste **dix-huit** kilomètres à faire, dit Claire.

— Dix kilomètres, puis on tourne et on va tout droit, dit Lucas.

— Nommez **dix-sept** choses que nous verrons en chemin, dit M. Morin.

— Un pommier nain! dit Justin.

— **Seize** enjambées jusqu'au verger! dit Chloé.

— Bonjour madame Beaupré! crie Justin tout excité.

— Ce train tire **quinze** wagons multicolores, dit Laure.

— Cinq rouges, cinq verts et cinq jaunes devant, dit Tristan.

— **Quatorze** vaches en train de brouter! s'écrie Zoé.
Douze plus deux. Meuh! Meuh!

— **Treize** canards dans une mare!
Dix blancs et trois noirs! ajoute Richard.

— **Douze** rangs de pommiers bien alignés…

et **onze** ruches pleines d'abeilles! compte Mireille.

— C'est enfin le moment de les cueillir! dit Nazir.

1. Tiens la pomme dans ta main et presse la queue contre la pomme avec ton index.
2. Tourne la pomme en la poussant vers le haut.
3. Tire doucement.

Justin

— C'est vraiment enfantin, dit Justin.

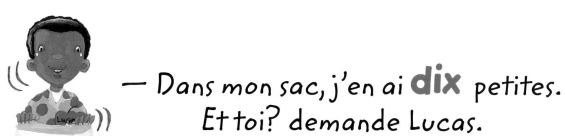

— Dans mon sac, j'en ai **dix** petites. Et toi? demande Lucas.

— Je peux en mettre **neuf** de taille moyenne, dit Madeleine.

— Mon sac contient les **huit** plus grosses que j'ai trouvées, dit Chloé.

— Les miennes sont vertes. J'en ai ramassé **sept**, dit Lisette.

— Et moi, **six** pommes d'un beau rouge éclatant, dit Tristan.

— Et si on les échangeait? Vous voulez bien? demande Justin.

— Les **cinq** trous d'une pomme contiennent des pépins, dit Corentin.

— Dans une année, il y a **quatre** saisons, dit Jason.

— Les arbres n'ont pas de feuilles en hiver, dit Claire.

— Les pommiers ont des fleurs roses et blanches au printemps, dit Dorian.

— Les pommes grossissent durant l'été, ajoute Josée.

— En automne, il suffit de les cueillir, dit Nazir.

— **Trois** tartes aux pommes! Miam, miam! dit William.
— Combien de pointes peut-on faire? demande Claire.
— 6 + 6 + 8 = 20 pointes! Nous allons nous régaler, dit Chloé.

— Déjà **deux** heures! Il faut y aller, dit Josée.

Scrunch, scrunch, scrunch...

CROUNCH !

— J'ai **une** dent en moins! s'écrie Justin.